「ドーナツたべるよ！」

松村　茂
MATSUMURA Shigeru

文芸社

目次

ゴムボール

ドアが開くたび
かずちゃんは急いで駆け出していく
ノブに手が届く前に
すぐ閉められる
いつまでたっても
外へ出られない

しかたないから
かぎを求めて
ぼくらにトコトンまとわりつく
洋服を引っ張る

「ドーナツたべるよ！」

怒られても引っ張る
すきを見てポケットに手を伸ばす
ついに捜し当てる

思いが通じて外へ出れば
どこへ行くかわからない
広々と続く芝生の上を
疲れを知らない笑顔を見せて
ゴムボールのように飛んで行く

もう中学生だというのに
わずか身長一三〇センチの中に潜む
ありったけのエネルギーを
空っぽにするまで

思い切り燃焼する姿は
飛び出た自由な世界のなかで
だんだん大きく見えてくる

「ドーナツたべるよ！」

声なき声

広いディ・ルームのすみっこにしかれた
二畳分のマットが
狭いなりに楽しいともさんの我が家

時々、マットから床へ遠征してくる
歩くことも
立つことも
はうことすらできない体で

ごろんごろん
寝返りを繰り返し

いつの間にか一〇メートル
床の堅さなど気にならない

ぼくらが近づくとうれしくて
頭をもたげ
首から下げたよだれかけを
一心に振り出す

突然ピクッとして
体の動きが止まる
いつものやつだ
オムツをあけた途端に
うんちが飛び出してくる

声はないけど
全身で生きている姿を
ともさんは伝えている

「ドーナツたべるよ！」

「ドーナツたべるよ！」

「た・べ・る・よ！」
火山が爆発した
こうくんの
突然に何かを訴える叫び声

再び「た・べ・る・よ！」
わかった
きのう食べたばかりのドーナツだ
いま
心の底からの欲求が
こうくんに火をつける

「ドーナツたべるよ！」

「ド・ー・ナ・ツ・た・べ・な・い・よ」
いじわるして言うと
「た・べ・る・よ！　た・べ・る・よ！　た・べ・る・よ！　……」
蓄えられたエネルギーは
この時とばかり
あたり一面あふれ出す

こうくんは
この世の中を
言葉でつかまえようと思っても
いつもスルリと逃げられる
欲しいものは誰よりも欲しいから
やっと言葉のしっぽでつかまえる

つかまえたら絶対に放さない

しかたない
大きな声で言ってみる
「あ・し・た
　ド・ー・ナ・ツ・た・べ・る・よ」

途端に思い切り手をたたき
嘘を知らない笑顔を見せながら
外へ遊びに行った
もうドーナツは忘れている

笑う

みよちゃんが笑っている
大きな口を開けて
人生は楽しいことばかりではないから
笑いたい時に
思い切り笑いたい
大きく笑えば
心まで大きくなる

「ドーナツたべるよ！」

訴える

みつこさんの顔が何か訴える
すぐに読み取れない
ほんとうの心が
右へ行き
左へ行き
曲がりくねって
ようやく表面へ現れる
人間は複雑だから
むずかしい
人間は複雑だから
おもしろい

水遊び

時計の針が
午前二時にかかる頃
みんな寝静まり
換気の音しか聞こえない

ピチャ、ピチャ、ピチャ……
闇を伝わって聞こえてきた
足音をたてずにのぞきに行く
やっぱり、けいくんだ

シャワーがめいっぱい流れる中

「ドーナツたべるよ！」

大人になった体をあらわにして
頭から水をかぶっている
桶にたまった水を両手ですくい
口にふくみ
それを吐き出し
また桶の水をピチャ、ピチャ、ピチャ……

ぼくの姿に気がついてギクリ
体の動きを止め
おびえた顔になる

昼間は跳んだりはねたり
手をたたき
足をたたき

大声をあげて
ろうかを何度も往復していた
水に触れたい欲求をおさえて

チャンスは夜中だ
冷え冷えのシャワー室
怒る人は誰もいないはずだった

しょうがない
明日は日曜日
「もう少し遊んでいいよ」

水の中で
いつもより丸くなったけいくんが

「ドーナツたべるよ！」

うれしそうに笑った

ミッキーと一緒に

日曜日の昼下がり
長くなり始めた日射しの中
床にすわりこみ
まばたきもせず
じっと見続けるたくくん

たくさんある絵本の中で
たった一か所
ミッキーの絵を選んで
たくくんはいつも淡々

「ドーナツたべるよ！」

怒られても
ほめられても
表情を変えるのは
ほんとうに
自分の心に触れた時だけ

いつか行った遊園地
その思い出が重なって
たくくんの顔つきは真剣そのもの

散歩はこの次にしよう
たくくんは
ミッキーと一緒に
もう歩き出している

「ドーナツたべるよ！」

大きな声

とびきり
大きな声をあげる
とびきり
眼を細くする
世の中は
楽しいことがいっぱい
いつも
しんちゃん自身が引き寄せる
笑いの素

夢

みる夢は
お母さんのぬくもり？
明日のごちそう？
何をしても自由な世界で
思い切りはばたくみよちゃんを
闇夜はやさしく包んでいく

「ドーナツたべるよ！」

命

弱い命の中のたくましい命が
いつも目を輝かせて
自分の存在を証明する
たろう君は
与えられた限界と環境の中で
思う存分生きている

涙

お父さんとお母さんに
思い切り遊んでもらった後
かずちゃんはいつまでも離れない
しつこく食い下がる
絵本を読んでいるすきにドアはあけられ
気が付いたら
お父さんとお母さんはドアの向こう
ガラス越しに泣き続け
二人の姿を追い続ける
うれしくて
やがて悲しい面会日

「ドーナツたべるよ！」

シーシー

いつもの「アー」が聞こえてきた
なみちゃんは
誰も気付かないうち
みんなのいる中で
服を脱いでいる

女性職員があわてて着せにいく
だが、またすぐ脱ぎにかかる
女性職員がまた着せにいく
今度は着たふりをする

三分後には
床の上に座り込み
おしりだけ見せている

今度はきつく怒られる
なみちゃんはニヤリ笑って
自分の部屋へ駆け出していく
運動会でさえ駆けたことのない速さで

しばらく部屋の中でリラックス
ディ・ルームに
好きなアイドルの歌が流れ出す頃
一人で出てくる
服を着せられても
「ドーナツたべるよ！」

今度は脱がない

さっきは演歌が流れていた
それが気に入らなかったのか
今、「アー」は聞こえない
唾を飛ばしながら
「シーシー」と歌っている

「ドーナツたべるよ！」

ほっぺ

床に座り込んで
ちぎり紙で遊んでいる

テレビがつく
みよちゃんは
すぐ顔を上げ
ゆっくり立ち上がる
手を振り振り
顔を振り振り
テレビに近づく

単調な画面は嫌い
彩り鮮やかな画面が好き
顔をテレビにくっつけて見続ける

お風呂の順番がきた
呼んでもテレビから離れない
しかたなしにテレビを消す

「ウウー」
大きな声を上げて
その場に座り込んだ
もう立ち上がらない
いくら立たせようとしても
座ったまま

いつもはほど良い桃のほっぺが
よけいにふくらんでいる

「ドーナツたべるよ！」

いす

前から見て
横から見て
後ろから見て

前に動かし
横に動かし
後ろに動かし

いすは
人間のように気まぐれではなく
じゅんくんの自由自在

だが
人間ほど
温かくない

「ドーナツたべるよ！」

夏が来た

夏が来た
キャンプが来た

空も
川も
山も
みんな君達のものだ
みんなぼく達のものだ

きょう川で泳いだ
きょう山に登った

まだまだ元気いっぱい
暗闇に浮かぶ大きな炎を囲み
歌って
踊って
笑いこける

手が
足が
少しぐらい動かなくても
今、生きている力を
精一杯吐き出すのだ

炎に熱せられ
「ドーナツたべるよ！」

燃えだした思いは
君達の中に
ぼく達の中に
いつまでも燃え続ける

もうじき炎が消える
もうじき今日が終わる

だが
また明日が始まる

ごはん

配膳台にお盆が並び始めた
しげおさんは飛び上がって動き出す
岩のように
部屋のすみっこにうずくまっていたことを
すっかり忘れて

メニューをのぞく
パンは嫌いだ
好きな女性職員の手を引きに行った
ごはんらしい
「もう少し待ってね」

いくら言われても
固く手をつかんで放さない

しげおさんの手は
いつでも自由自在に動くのに
食べる時だけ動かない
スプーンを持つ手が
口許で石になる

「ごはんですよ」
用意ができて声がかかる
もう待てない

女性職員の手を強引に引っ張る

「ドーナツたべるよ！」

走って食堂へ入る
お盆を運んでいすに座る
両手を後ろで押さえさせる
ごはんを急いで口に入れさせる

一口食べ出すと次から次へ
その後は新幹線
すぐ胃へ流し込む

あっという間に食べ終えた
「ゲ・ゲ・ゲー」
いま声を発しながら
食堂を出て行くしげおさんの顔は
まぎれもなく

生きている顔だ

「ドーナツたべるよ！」

飛ぶ

パンパンに張り詰めた
こうじくんのエネルギーは
ちょっと押されただけで
四方八方に飛び散る
あまりに飛び過ぎて
あっちの壁にぶつかり
こっちの壁にぶつかり
大空に飛ばないうちに
舞い戻る
また飛び出せばいい
今度は一直線に

「ドーナツたべるよ！」

運転

だれもが
車のように
自分自身を運転していく
ぶつかり傷つくのも同じ
ただ車はきちんと修理されるのに
人間は簡単に修理されない
みつこさんの心は
どれだけ傷つき
どれだけ修理されているんだろう

「ドーナツたべるよ！」

挑戦

としちゃんは
上目づかいに
ぼくの顔を見つめながら
少しよだれをたらして
関わりを求めてくる

最初、いすを運びたくて
手を引きにくる
次に、マットを運びたくて
手を引きにくる
その二つをセットすれば

得意の「飛び込み前転」が始まる

最初の頃
いすの下にすぐマットを置いていた
だんだん距離を離し
現在の記録は一メートル六五センチ

としちゃんは
誰か見ていないと決してやらない
注目を浴びれば浴びるほど燃えてくる

今、勢いよく飛び出した
見事に成功
としちゃんは飛び上がって喜ぶ

みんなが手をたたいて祝福する
もう一回挑戦したくなる

「ドーナツたべるよ！」

握りこぶし

ついにおれは殴った
君にたたかれた怒りからではない
爆発を静めようと思ったわけでもない

目をつりあげ
口を鬼のように開き
猛烈な勢いで向かってくる君の姿
身長一七五センチ、体重七〇キロの体から
繰り出される平手打ちは
やたらに重く
骨の芯までしびれてくる

めったに出さない声で
「やめろよ！」
全然動じない
逆に輪をかける
まわりを巻き込み
他の仲間に向かい出す

ふだん
冷静を装っているおれも
握りこぶしを作り
肩まで持ってくる

頭をよぎるのは

「ドーナツたべるよ！」

きのう
一緒に走った君の姿
時々、電柱の広告を気にしながら
それでも着実に走る姿
したたらせた汗がまぶしかった

そんな君が
なぜ爆発するのか
何か気に入らないのか
何か欲しい物があるのか
さっぱりわからないおれ自身へのいらだちと
人と人との関係を覚えられない君へのいらだち

二度めに向かってきた時

「ドーナツたべるよ！」

おれの握りこぶしが
飛んでいた
君は少しだけ静かになった
頭を指さし
「イ、イ、イ……」
不自由な言葉を繰り返す

おれは身動きできずに
その場にたたずんだ
急に降り出した雨が
心の中にも吹き込んできた

車いすから

車いすから周りを見れば
違うものが見えてくる
何も言わないともさんは
静かに見つめ
静かに語りかけ
静かに生命の尊さを訴える

「ドーナツたべるよ！」

飄々

飄々とした中に
怒る顔がある
笑う顔がある
軽い足取りがすり抜けて行く時
たくんの譲れない心が
にらみをきかしている

体の言葉

しんちゃんが
職員室のドアをたたいている
欲しいものがある時
いつもする動作
何回も繰り返して

手から足へ
足から頭へ
最後には体ごと
しだいにエスカレート
これは本物だ

「ドーナツたべるよ！」

しんちゃんの趣味はコレクション
オムツであったり
紙袋であったり
ポロシャツであったり
しかし、どれも見当たらない

余計な物は片付けて
職員室へ入れてみる
全体を一瞥したあと
ラジカセからテープを取り出す

これだったのだ
ディ・ルームに流れていた音楽が

「ドーナツたべるよ！」

気に入らなかったのだ
しんちゃんは
テープを机の引き出しに隠し
やっと顔を和らげる
机の上に残っていたお菓子を
急いで口に放り込み
職員室から出て行った

言葉を話せないしんちゃんは
体ごと
自分の世界を守っている

階段

子供から大人へ
一段ずつ昇って行く

足がふらつき
甘えん坊が顔を見せたら
でんぐり返って気を引き締める

気がついたら
としちゃんは
りっぱな大人になっている

大切なもの

暖かい日射しのなか
やさしい声が響く
「おやつですよ」

こうちゃんの目が光る
大好きなヨーグルトを見つけた

すぐ床に手をつき
右足を立て
左足を立て
まひのある体を

「ドーナツたべるよ！」

ゆっくり持ち上げる

もらったヨーグルトを
走れないけれど
確かに歩む姿そのままに
スプーンで一口、一口、口に運ぶ
ガラスの容器が透き通るまで
いつまでもすくい続ける

容器を取り上げたら
口を突き出す
余りをあげたら
顔をくしゃくしゃにする

「ドーナツたべるよ！」

食べ終えて
大好きなぬいぐるみを拾いにいった
こうちゃんの姿は
何か大切なものを教えている

太陽よ、届け！

さとし君が背を向けた瞬間
はるお君は走り出した
「あっ！」
だれかが叫んだ
だれもが視線を集中した

「はるお！
　やめなさい！」
その言葉は遅かった
強く押されたさとし君は
顔面から床に倒れこんだ

抱き起こしたさとし君の鼻は
完全に曲がっていた
やせ細った手は
体を支えきれなかった

はるお君は自分の部屋に入れられた
いくら叱られても
ドアを強く開け閉め
興奮を吐き出している

一人にさせたら
やっと少し落ち着き
ベッドにもぐりこんだ

「ドーナツたべるよ！」

いつの間にか眠っていた

不幸なのは
一人でいる時が
たまらなく好きなこと
逃れられない人間の鎖が
はるお君を苦しめる

叱れば叱るだけ
一人ぼっちに追いやる
ここは発想の転換
旅人のコートを脱がせたのは
北風ではなく太陽であった

そろそろ部屋は暗くなり始めた
窓の外には夕焼けが広がる
太陽の暖かさが
いつはるお君に届くのか
それよりも
ぼくらが太陽になれるのか
その疑問が
頭の中をぐるぐる回り始めた

「ドーナツたべるよ！」

複　眼

本を何冊も持ち歩く
気に入った所を開き
横にして
逆さにして
交互に見比べる
突然、ケラケラ笑う
何か見つけたのだ
ぼくらに見えない絵や形が
宝の絵になる
かずちゃんの眼は複眼だ

面会の日に

おしっこしたばかりなのに
すぐまたジャー
ズボンをはいたまま
いとも簡単に

あやちゃんは
病気というわけじゃない
心の出し方が他に見つからなくて
自分の意志で
自由自在に
ふだん何回も繰り返す

おしっこがピタリ止まるのは
月に一度の面会日
口を固く結んで
眉間にしわを寄せた顔を
きょうは笑顔に変えて
お母さんの周りをぐるぐる回る

一家の生活費を
一人で稼ぐお母さんは
日頃、息つく暇もない
あやちゃんに会うのが
何よりの楽しみという

「ドーナツたべるよ！」

桜の花の下で
手をつないで散歩したあと
お母さんはポツリ
「これでまた一か月、生きていけます」

わずかな時間が過ぎ去り
ゆっくり歩み出すお母さんを
あやちゃんは行ったり来たり
ガラス戸越しに
見えなくなるまで追い続ける

あとがき

振り返ってみれば、長めの闘病生活を終え、再就職先が決まり、障害児施設に足を踏み入れた時、何か今まで経験したことのないような感覚に襲われたことを思い出します。それは、子どもたちの視線であったり、行動であったり、外から見える様子そのものであったり、すぐ受け入れるには難しいものがありました。一緒に食べるご飯も、しばらくの間、喉を通りませんでした。

しかし、子どもたちと毎日付き合っていくうちに、とてもかわいいと思えるようになり、ご飯もおいしく食べられるようになりました。今では、出会った子どもたち一人ひとりが忘れがたい存在です。

子どもたちは、日々着実に変化していきます。その生きている姿をそっくり切り取って、何か残しておきたいという出発点から、詩を書いてきました。しかし、詩と言えるほどのものかどうかはわかりません。

子どもたちの「生」は魅力にあふれるものです。障害を持った子どもたちの「生」の断面を、少しでも感じていただけましたら幸いです。

二〇二二年十一月

著者プロフィール

松村 茂（まつむら しげる）
1954年、群馬県生まれ
グループ“耕”所属
1984年より障害児施設勤務
詩集『再起』（1988年）を出版

「ドーナツたべるよ！」

2023年1月15日　初版第1刷発行

著　者　松村 茂
発行者　瓜谷 綱延
発行所　株式会社文芸社
〒160-0022　東京都新宿区新宿1-10-1
電話　03-5369-3060（代表）
03-5369-2299（販売）

印刷所　図書印刷株式会社

ISBN978-4-286-27024-1